Vigna, Judith
 Gregorio y sus puntos.
   (Gregory's stitches)

*Versión en español
de Alma Flor Ada*

GREGORIO
Y SUS PUNTOS

Narración e ilustraciones de
Judith Vigna

Albert Whitman & Company, Chicago

Note: This Spanish Edition of the picture book *Gregory's Stitches,* by Judith Vigna, is a colloquial translation planned to give the meaning and flavor of the original story, reprinted on the last page of this book.

Library of Congress Cataloging in Publication Data

Vigna, Judith.
   Gregorio y sus puntos.

   Translation of Gregory's Stitches
   Spanish and English
   SUMMARY: The story of how Gregory got the six stitches in his forehead changes with each friend that passes on the news.
      1. Spanish language—Readers. [1. Spanish language—Readers] I. Title.
   [PC4115.V53518]   468'.6'421   76-47528
   ISBN 0-8075-3044-1

English Text and Illustrations © 1974 by Judith Vigna
Spanish Text © 1976 by Albert Whitman & Company
Published simultaneously in Canada by George J. McLeod, Limited, Toronto
All rights reserved. Printed in U.S.A.

Un día,
a Gregorio le pasó
una cosa *terrible*.

Tuvo que ir al médico
y dejarse poner seis puntos
en la frente.

No tres.
Ni cuatro.
¡Sino *seis!*

Al salir de la consulta del médico,
Gregorio vio a su amigo Juan.

—¿Qué te pasó?—le preguntó Juan.

—Me caí de la bicicleta—dijo Gregorio.

Juan se encontró con David.

—A que no sabes lo que pasó—dijo Juan.—
A Gregorio lo persiguió un perro
y se cayó de su bicicleta
y tuvieron que ponerle
seis puntos en la frente.

David se fue rápidamente a contárselo a Miguel.

—¿Has oído lo que le pasó a Gregorio?—
preguntó David.
—Estaba trepándose a un árbol
para salvar a un gatito
que un perro había perseguido
¡y tuvieron que ponerle
seis puntos en la *frente!*

Miguel corrió a buscar a Alfredito.

—¿Sabes una cosa?—preguntó Miguel.

—A Gregorio lo atacó
un perro grande
que estaba persiguiendo a su gato
¡tuvieron que ponerle
seis puntos en la frente!

Alfredito le pasó la noticia a Alberto.
—¡A Gregorio le tuvieron que poner
seis puntos en la frente!
¡Estaba salvando a un gatito
que se había caído en la jaula
del perro salvaje
en el parque zoológico!

Alberto le contó a Jaimito.

—¿Escuchaste lo que le pasó a Gregorio?

Fue al zoológico con sus padres

y un *león* lo atacó

¡y tuvieron que ponerle seis puntos en la frente!

Jaimito no podía esperar
a contárselo a su amiga Juanita.
—¡A que no adivinas lo que hizo Gregorio!
Salvó a sus padres
de morir en garras
de unos leones feroces
en el zoológico
¡y tuvieron que ponerle seis *puntos*
en la frente!

Así que todos los que se habían enterado
de lo que le había sucedido a Gregorio
corrieron a verlo.

Gregorio estaba en su casa
con una venda en la frente.

Sus amigos lo miraron.
—¡ERES MUY VALIENTE,
GREGORIO!
¡UN HÉROE DE VERDAD!
—le dijeron.

Y que le hubieran puesto puntos
ya no le pareció a Gregorio
tan terrible
después de todo.

Gregory's Stitches: Text from English Edition

One day a *terrible* thing happened to Gregory. He had to go to the doctor and have six stitches put in his forehead. Not three. Not four. But *six!*

Coming out of the doctor's office, Gregory saw his friend John.

"What happened?" asked John.

"I fell off my bike," said Gregory.

John met David. "Guess what?" he said. "Gregory was chased by a dog and fell off his bike and got *six* stitches in his forehead."

David sped away to tell Michael. "Did you hear about Gregory?" he asked. "He was climbing a tree to rescue a kitten that was chased by a dog and got six stitches in his *forehead!*"

Michael ran over to Freddie's. "Know what?" Michael asked. "Gregory got attacked by a big dog that was chasing his cat and got six *stitches* in his forehead!"

Freddie passed the word to Albert. "Gregory got *six* stitches in his forehead! He was rescuing a kitten that fell into the wild dog's cage at the zoo."

Albert told Jimmy. "Did you head what happened to Gregory? He went to the zoo with his parents and got mauled by a *lion* and got six stitches in his forehead!"

Jimmy couldn't wait to tell his friend Jenny. "Guess what Gregory did! He saved his parents from being killed by some man-eating lions at the zoo and got *six stitches* in his forehead!"

So everyone who knew about Gregory hurried off to Gregory's house. Gregory was at home with a big Band-Aid on his forehead. His friends looked at him.

"YOU'RE REAL BRAVE, GREGORY! A REAL HERO!" they said. And getting stitches didn't seem so terrible after all.